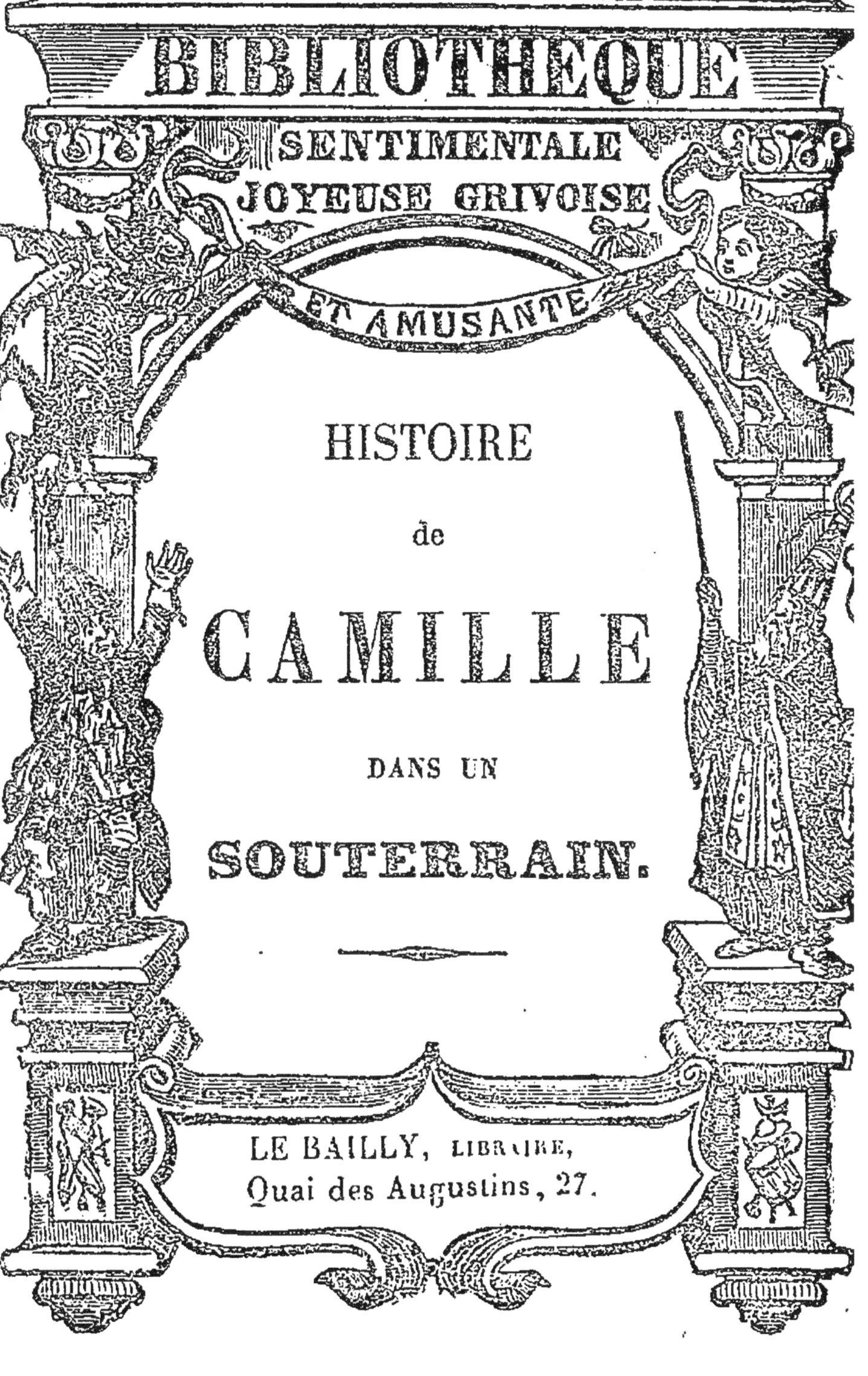
BIBLIOTHEQUE
SENTIMENTALE
JOYEUSE GRIVOISE
ET AMUSANTE
HISTOIRE
de
CAMILLE
DANS UN
SOUTERRAIN.
LE BAILLY, LIBRAIRE,
Quai des Augustins, 27.

HISTOIRE
DE CAMILLE
DANS UN SOUTERRAIN ;

PAR AD. PECATIER.

PARIS,
LE BAILLY, LIBRAIRE,
27, quai des Augustins.
1851

HISTOIRE DE CAMILLE

DANS UN SOUTERRAIN.

Le nom de Camille est assez connu et l'histoire de ses infortunes a trop intéressé les cœurs sensibles pour que nous ayons besoin de la recommander à nos lecteurs. Seulement nous croyons utile de leur dire que nous avons élagué dans ce nouveau récit des détails qui nous ont semblé invraisemblables, en n'admettant que les choses naturelles et vraies que nous avons puisées dans un livre plein de mérite et digne de foi. Munis de cette caution, nous sommes sûrs de plaire à ceux qui nous liront, puisque nous leur procurerons l'agréable avantage de rencontrer des traits nouveaux dans une peinture qu'ils ont devant les yeux depuis si longtemps. Cette histoire ne compromettra l'intérêt moral de personne; et chaque âge et chaque sexe ne trouveront à chaque page qu'un motif de distraction et d'attendrissement.

Camille naquit à Rome. Unique héritière d'une famille noble et illustre, son berceau fut entouré des prestiges les plus brillants; et tout ce que la fortune peut procurer de douceurs venant la flatter à son aurore, semblait défendre son avenir contre les moindres coups du sort. Mais, hélas! une ligne terrible pour elle était écrite dans le livre du destin; et elle devait passer rapidement de la position la plus douce à l'état le plus affreux et le plus désespérant. En effet, c'est au moment où les fleurs les plus belles naissaient sous ses pas qu'un soufle impur vint les ternir en brûlant jusqu'à la racine.

Les incroyables malheurs que nous allons retracer eurent pour source la liaison dangereuse qu'elle engagea avec une fille de son âge. Ce n'est pas que cette dernière l'ait précipitée de sang-froid et volontairement au fond de l'abîme, mais de la manière la plus innocente elle devint la cause de toutes ses infortunes. Camille avait quinze ans; son amie était de son âge. Avec le consentement de leurs parents elles se voyaient presque tous les jours; leurs joies et leurs amusements étaient de nature à ne porter aucun ombrage, et la sympathie la plus parfaite harmonisait leurs goûts, leurs inclinations et leurs plaisirs. Plusieurs années s'écoulèrent sans que les anneaux de cette amitié fussent rompus par la plus légère discorde. Cependant nos deux amies touchaient à cette époque où l'amour fait battre le cœur des jeunes filles, et où mille adorateurs viennent sur le passage de la beauté pour lui offrir des serments de tendresse. L'heure du mariage de la compagne de Camille avait sonné. Cette jeune demoiselle avait tout ce qu'il faut pour plaire: attraits, talents, naissance, maintien noble, tout était réuni dans sa personne; aussi fixa-t-elle facilement l'admiration du marquis de Venuzi, en allumant dans son cœur une vive flamme. Des propositions furent faites à ses parents; elles parurent acceptables et bientôt nos deux amoureux furent unis avec toute la pompe due à leur rang et les cérémonies les plus somptueuses. Cette union ne dérangea en rien le doux commerce qu'entretenaient ensemble Camille et son amie. La marquise, sans pourtant se dérober trop souvent aux caresses de son époux passionné pour elle, ne négligea pas l'amitié pour l'amour et sut, sans nuire à l'un des deux, ouvrir son cœur à ces deux sentiments. Après trois mois de mariage, le marquis de Venuzi voulut se débarrasser un peu du bruit de la ville et aller goûter les douceurs de la solitude au sein d'un paisible château. Après que toutes les dispositions eurent été prises, on effectua ce départ. Avec l'autorisation de son époux, la marquise pria Camille de l'accompagner, et celle-ci suivie de sa mère qui ne la quittait presque jamais, s'éloigna ed la cité pour voler aux délassements que procure la campagne.

Un jour que les deux amies se trouvaient seules assises sur un tapis de mousse, dans les détours d'un joli labyrinthe, et qu'un beau clair de lune perçait au déclin du jour à travers le feuillage, elles aperçurent à peu de distance une jeune homme dont elles semblaient fixer les regards d'une façon toute particulière. Cette rencontre ne leur fit éprouver aucune crainte, car les portes de ce charmant domaine n'étaient ouvertes qu'au marquis ou à ses amis. Elles furent pourtant fortement intriguées surtout lorsque le jeune homme passant devant elles s'arrêta d'un air doux et décent et regarda Camille avec une expression qui dut lui faire plutôt plaisir que peur. Les deux amies gardaient un profond silence, et l'inconnu leur lançant un sourire capable de rassurer la femme la plus craintive, s'inclina en signe de respect et d'admiration, et se retira à pas lents, non sans retourner quelquefois la tête pour voir encore les deux jolies personnes qu'il venait de quitter à regret.

Cette aventure fut le sujet d'une longue causerie et fit naître mille conjectures, mais la marquise et Camille ne purent percer un aussi profond mystère. Elles quittèrent le labyrinthe et rentrèrent au château où les attendait le marquis. La conversation roula sur ce qu'elles venaient de voir. M. de Venuzi profitant de l'absence d'une personne qui aurait pu les gêner, c'est-à-dire de la mère de Camille, s'exprima en ces termes : « Ce jeune homme » qui vous plonge, vous surtout, mademoi- » selle, dans le plus grand étonnement, » est une personne de haute naissance et

» qui est digne en tout point de votre con-
» fiance. Cette conduite mystérieuse qu'il
» a tenue à votre égard, mais qui, d'après
» votre propre aveu, n'a pu effaroucher en
» rien votre pudeur, est le résultat de tou-
» tes les jolies choses que j'ai dû lui dire
» de vous. Enchanté du tableau que je lui
» ai fait de votre personne, il a cru pou-
» voir se permettre de vous regarder fur-
» tivement, et la conversation qu'il a te-
» nue sur votre compte, il y a peu d'in-
» stants (car il vient de me quitter), me
» prouve que la peinture que je lui ai
» faite de mademoiselle Camille était en-
» core au-dessous de ce qu'il a vu par ses
» yeux. »

A ces derniers mots Camille rougit ; mais n'allez pas croire que son embarras était factice et cachait une joie concentrée. Non. — Cette intéressante fille était aussi innocente que jolie, et le discours du marquis ne put que la troubler et laisser dans son esprit une vague incertitude incapable de lui permettre de s'arrêter à une idée fixe. La conversation cessa, et l'heure du repos étant arrivée, on alla se coucher.

Nous n'avons pas prétendu, lecteur, faire de Camille une fille assez simple et assez indifférente pour qu'elle ait été capable de s'endormir sans s'interroger et s'abandonner à quelques réflexions. Le souvenir du jeune homme l'entretint pendant quelques instants; enfin, ses beaux yeux se fermèrent. Le matin, son amie vint la réveiller, et sans lui dire un mot de ce qui allait se passer, elle la conduisit dans une petite chambre où se trouvaient M. de Venuzi et une autre personne. Alors le marquis d'une voix douce et avec le sourire le plus affable : « Pour peu, mademoiselle,
» que notre dernier entretien de la veille
» vous ai laissé un léger souvenir, vous de-
» vinerez aisément que ce jeune homme
» qui est devant vous est celui dont je vous
» ai entretenue hier; il m'a fait part des
» sentiments honnêtes et délicats que vous

» lui aviez inspirés, et il se croira désormais
» le plus heureux des mortels si aujour-
» d'hui vous lui permettez de déposer à
» vos pieds le sincère hommage de son
» amour et de son admiration. »

Camille baissa les yeux. Le marquis comprit que pour une première entrevue il ne fallait pas aller trop loin et que l'aveu même le plus discret n'était pas exigible d'une fille si peu préparée à cette explication. Le comte de Belmire (c'était le nom du jeune amoureux), pressé par de sérieuses affaires de quitter le château, salua Camille avec une politesse où il eut le talent de déployer tout ce qu'il éprouvait de tendre et d'affectueux pour elle; et prenant congé de son hôte, il s'éloigna avec rapidité, comptant sur l'amitié du marquis pour servir son amour naissant.

Cependant le temps s'écoulait, et l'époque de quitter la campagne était arrivée. L'automne commençait à joncher la terre de feuilles jaunissantes, et les plaisirs de l'hiver allaient reprendre leur cours à la ville. On abandonna le château pour courir à d'autres délassements. On sait que Rome était surtout autrefois le théâtre de mille voluptés sans cesse nouvelles. Le marquis de Venuzi, son épouse, Camille et sa mère revinrent donc dans cette majestueuse cité où pendant le règne du froid les soirées étaient si attrayantes. Ils trouvèrent les bals ouverts déjà aux nobles de la ville. Or, voici ce qu'il advint un certain soir que tous nos personnages, excepté la mère de Camille, se livraient au plaisir de la danse. Le comte de Belmire, que sa franchise et son indépendance avaient rendu haïssable, avait été condamné à l'exil. En vertu d'une sentence prononcée contre lui, il avait quitté le sol natal; mais l'image de celle qu'il adorait le poursuivant toujours, il ne put vaincre sa flamme, et revint au lieu de sa naissance dans l'espoir d'y rencontrer l'objet de son constant amour. Le hasard fit qu'il dirigea ses pas vers un bal où se trouait Camille. A l'aide d'un déguisement plein de simplicité, il parvient de mettre en défaut toute espèce de surveillance, entre dans la salle, reconnaît celle pour qui il soupire depuis si longtemps, et profitant du moment où cesse la danse, il la prend avec une douce force par le bras et la conduisant à l'écart : « Mademoiselle, dit-il avec l'accent le plus passionné et le plus tendre, je ne puis désormais vivre sans vous; pour vous voir, je brave mille dangers; daignerez-vous, pour prix de ma constance et de mon vif amour, jeter sur moi un regard de bonté? Je suis à vos genoux, sachez que je ne me relèverai que lorsque votre jolie bouche aura prononcé une parole consolante. Camille, Camille, prenez pitié de mes tourments, et par un sourire généreux, mettez un peu de baume dans ce pauvre cœur qui bat pour vous depuis le jour ou je vous vis. »

« Relevez-vous, monsieur le comte, dit Camille avec l'accent de la crainte et de l'émotion; nous pourrions être surpris. La prudence et peut-être mon cœur me dictant de prendre tous les moyens possibles pour calmer votre agitation, je ne veux pas vous laisser dans un doute mille fois plus cruel que la réalité. Eh! bien.... je... partage jusqu'à un certain point vos sentiments; comptez sur mon cœur s'il est vrai que le vôtre soit tout à moi, »

Belmire se leva avec rapidité, baisa passionément les mains de son amante, qu'il tenait dans les siennes, remit son masque et s'éloigna, car déjà quelques danseurs s'avançaient de leur côté.

Pauvre Camille! tes longues infortunes commencent ici. Ce n'est pas toi qui cherches les amours, ce sont au contraire les amours qui te poursuivent : pourtant ils seront impuissants pour dissiper les noirs nuages qui vont s'amonceler sur ta tête.

Pendant quelques mois ses correspondances avec son amant fugitif furent couvertes du voile le plus épais. Personne ne se doutait de son bonheur, ce qui le rendait plus attrayant, et pour être parfaitement heureuse, il ne lui manquait que de voir arriver l'accomplissement de la promesse qu'avait faite la cour de prononcer enfin la grace de Belmire, lorsque le ciel, pour l'éprouver ou la punir de n'avoir point mis sa mère dans sa confiance, l'abreuva d'amertume. Camille était belle comme le jour, sa taille était haute, de longs cheveux noirs tombaient en boucles sur ses épaules; les traits les plus réguliers se mariaient aux yeux les plus vifs et à la bouche la plus vermeille; sa voix était douce et mélodieuse, sa conversation animée et spirituelle; enfin, tout en elle était céleste. Si nous voulions passer du moral au physique, quel cœur tendre et généreux, quelle ame sensible et pure, quelle franchise et quelle aménité!

Tant de charmes réunis lui faisaient

traîner à son char bien des adorateurs qui, à l'envi, convoitaient une beauté si ravissante. Mais celui qui briguait son affection avec le plus d'ardeur, c'était le duc de C***, ami intime des parents de la jeune fille. Craignant que ses trente-trois ans n'effarouchassent cette fleur printanière, il s'adressa au père de Camille, et parvint à le déterminer à passer légèrement sur les difficultés que présentait cette union. C'est ainsi que Camille fut sacrifiée à un être indigne d'elle, comme on le verra par la suite, à un homme qu'elle avait à peine vu et à qui elle n'avait jamais rien promis. On comprend que sa première idée fut d'opposer quelque résistance à ce mariage; son cœur en était brisé. Mais docile aux volontés sacrées de son père, craignant d'ailleurs de lui déplaire et de s'exposer à son ressentiment, s'il apprenait qu'elle fût liée à un autre par un serment secret, elle se rendit quand elle vit qu'elle ferait d'inutiles efforts pour rester libre. Le duc, qui s'était aperçu que la jeune fille n'était que l'esclave passive des ordres de ses parents, et qu'aucun sentiment d'amour ne l'attirait vers lui, se hâta d'arriver à la cérémonie du mariage, espérant que le temps et ses procédés affectueux feraient renaître le sourire sur des lèvres décolorées par la tristesse. Une fois que tous les préparatifs furent exécutés, le duc, tout fier de sa conquête, conduisit à l'autel sa victime tremblante, et lui fit prononcer le *Oui* fatal, chaîne odieuse et terrible pour un cœur qui n'aime pas. Ce jour là, Camille éprouva les plus affreux tourments : l'orage était dans son ame, son sang se glaçait dans ses veines ; seulement elle commandait à ses larmes pour ne point blesser au vif l'amour-propre et la tendresse de celui qu'elle savait être innocent de la répugnance et de l'aversion qu'elle avait pour lui. De plus, généreuse, sensible et juste par dessus tout, elle ne pouvait faire un crime à un homme de l'avoir aimé et d'avoir fait tous ses efforts pour s'unir à elle. Camille fit donc tout ce qui dépendit d'elle pour faire mentir son visage, et malgré tout ce qu'il en coûtait à son cœur, elle essaya de sourire. Ce mariage fit un grand bruit; la cérémonie fut des plus brillantes : on déploya tout ce que l'étiquette peut inventer de luxe et d'élégance. La noce une foil terminée, le duc jaloux d'être enfin seus avec sa moitié, congédia les convives avec toute la politesse convenable, et jouissant enfin d'un tête-à-tête qu'il attendait depuis si longtemps : « Vous êtes donc à moi, Camille ma bien-aimée; je puis donc avec délices goûter le bonheur de soupirer dans vos bras. Oh! venez que je vous presse sur mon sein, que je vous inonde de caresses en vous jurant de vous aimer toujours. »

On comprend d'avance l'impression pénible que produisirent ces paroles sur l'imagination de l'épouse involontaire; chaque mot d'amour la déchirait, chaque caresse lui devenait un supplice, et son plus grand tourment c'était de se voir obligée de payer un baiser par un autre. Elle se dévoua pourtant aux volontés de son père et à son devoir, et résolut d'imposer silence autant qu'elle le pourrait à son découragement et à sa tristesse. Dieu lui fit la grâce d'être moins agitée, et, ce qui servit le plus à diminuer sa peine, c'est qu'au bout de trois ans elle devint mère. Elle mit au monde le plus bel enfant qu'on puisse voir. Elle obtint de son époux d'être elle-même sa nourrice. Alors tous ses soins, toute sa sollicitude se portèrent sur sa fille chérie. Occupée sans cesse à l'entourer des soins les plus délicats, elle voyait tous ses ennuis disparaître devant cette douce occupation. Deux années s'écoulèrent dans le même état de choses. Jusqu'alors son époux n'avait eu pour elle que des caresses et des prévenances, mais l'heure approchait où sa bntalité concentrée allait paraître au graud jour.

Avant d'arriver au récit du drame le plus affreux, où tous les détails vont sembler incroyables, disons au lecteur que le comte de Belmire, amant de Camille avant son mariage avec le duc, se trouvait être, par la bizarrerie la plus singulière, le neveu du duc même. Cette explication n'est pas inutile; elle s'enchaîne trop bien avec les événements qui vont survenir.

Depuis deux ans, ainsi que nous l'avons dit plus haut, l'apparence de la paix la plus solide régnait dans le ménage de Camille, lorsque, par la fatalité la plus inconcevable ou la négligence la plus dangereuse, les lettres que lui avait écrites Belmire tombèrent malheureusement dans les mains du duc. On conçoit facilement que cet homme jaloux et soupçonneux à l'excès, et à qui un rien portait ombrage, jeta un regard irrité et avide sur une correspondance dont l'enveloppe portait le nom de Camile. Acun billet n'était signé ni daté, ce qui lui fit supposer que les propos d'amour et les serments de fidélité qu'il venait de voir tracés sur le papier empruntaient chaque jour le voile de l'anonyme pour soustraire un heureux rival aux fureurs d'un époux justement irrité.

Nous laissons à penser au lecteur quelles furent sa colère et son indignation. Malgré tout l'excès de son aveugle jalousie, il ne fit pourtant aucun éclat, craignant de faire avorter, par un courroux trop précipité, l'abominable projet qu'il venait de concevoir. Il fut au contraire plus gracieux, plus prévenant, plus aimable; mais ses efforts pour cacher sa fureur furent inutiles. Si sa bouche savait mentir, ses yeux, malgré lui, faisaient jaillir d'horribles étincelles, et, soucieux et inquiets semblaient toujours chercher quelque chose. Cette feinte tranquillité ne put durer que deux jours. Ce terme expiré, le duc entre brusquement dans la chambre de Camille et d'un ton sec : « Madame, dit-il, quelles que soient les raisons qui puissent vous faire trouver agréable votre résidence à Naples que vous habitez depuis que j'ai eu le bonheur de devenir votre époux, il vous faudra demain quitter cette douce cité qui sans doute a pour vous bien des attraits et me suivre dans mon château où à la solitude près, vous goûterez toutes les douceurs qui vous environnent ici. Songez que cette invitation renferme l'ordre formel de faire pour votre départ toutes les dispositions convenables. Vous m'avez compris, Madame, mettez-vous donc sans retard en mesure pour que ma volonté soit ponctuellement exécutée. »

A ces mots le farouche duc s'éloigna sans rien ajouter de plus, car sa fureur allait éclater.

Camille resta immobile et comme pétrifiée. « Voilà donc, se disait-elle, le bonheur de l'hymen ! Infortunée, que n'ai-je au moins pu garder ma liberté, même sans espoir d'être aimée de celui que j'aimais tant! mon mal eût été plus supportable· mais traîner une pénible chaîne auprès d'un époux brutal et qu'on ne se sentira jamais la force d'aimer, c'est à mon avis le plus affreux de tous les tourments. Pauvre Camille! pourquoi donc es-tu née? Que fais-tu sur la terre? tu pleures quand tu es seule, et tes larmes amères arrosent le visage de ton enfant qui seul te fait tenir à la vie. Oh! mourons, mourons ensemble, ma fille infortunée, ou que le ciel daigne changer notre sort... »

Telles étaient les paroles entrecoupées qui s'exhalaient avec des sanglots de la poitrine de cette femme immolée. Elle se mit pourtant en disposition d'obéir, et lorsque le lendemain le duc vint lui dire que l'heure du départ était arrivée, je suis prête, Monsieur, dit-elle avec une douceur qui aurait même fléchi un tigre; je suis prête, conduisez-moi où vous vroudrez. Partons, répliqua le duc, la voiture nous attend. Tous deux descendirent l'escalier sans échanger la moindre parole, et peu d'instants après, ils avaient déjà franchi les portes de Naples. Le voyage fut triste et monotone; le duc ne proférait aucun mot, son œil était fier et farouche tout à la fois, et son attitude exagérée était celle d'un gardien d'esclaves qui a sur eux droit de vie et de mort. Camille, que soutenait son titre de mère observait, le plus profond silence; sa figure, d'où rien ne pouvait bannir la douceur et la résignation, était celle d'un ange. Ses yeux, toujours baissés, étaient constamment attachés sur sa fille qu'elle portait sur ses genoux, et s'il s'en échappait quelques larmes ce n'était pas son propre malheur qui les excitait, mais plutôt les tristes pressentiments qui surgissaient dans son esprit, en songeant à l'avenir qui attendait le fruit de ses malheureuses amours.

Cependant les chevaux allaient d'un pas rapide, et un trajet de douze lieues fut bientôt parcouru. La voiture s'arrête enfin devant la porte d'un lugubre château dont les murs antiques et grisâtres et la triste architecture faisaient de cette habitation une prison plutôt qu'un riant domaine. Un pont s'abat, la voiture y roule, et bientôt en se relevant, ce même pont fait entendre le bruit sinistre de lourdes chaînes qui font retentir les arceaux de cette sombre demeure. Camille frémit par un saisissement qu'elle ne peut contenir, et, pour la première fois depuis qu'elle a quitté Naples, ses yeux effrayés se tournent de tous côtés. Le duc jouit de sa stupeur, un rire barbare donne à son visage une expression répugnante : en un mot; tout en lui décèle une ame noire et sans pitié. L'infortunée duchesse se serait presque évanouie si son enfant, réveillé par un terrible bond que fit la voiture, n'eût poussé un cri aigu qui vint lui rappeler qu'elle était mère. Etre mère, c'était pour elle un remède aux maux les plus cruels; c'était un baume précieux sur les plaies qui dévoraient son ame; aussi reprit-elle tout son courage, nourrie de cette pensée qu'elle devait aimer la vie pour la conservation des jours de sa fille.

Quand le duc eut pénétré dans le château, il mit promptement pied à terre avec Camille, et la conduisit dans une chambre que l'on avait d'avance préparée pour elle. On n'avait point fait de halte en chemin pour prendre quelque nourriture; un domestique qui avait reçu toutes les instructions convenables vint dresser une table auprès de la tremblante épouse, et bientôt celle-ci se trouva seule, abandonnée à mille réflexions diverses qui se combattaient dans son esprit. Après avoir un peu réparé ses forces, elle retomba dans sa première agitation et chercha, mais en vain, à s'expliquer la conduite mystérieuse du duc. Plus elle s'interrogeait, plus elle se trouvait innocente surtout depuis son mariage. Elle avait en effet entretenu quelques correspondances avec le comte de Belmire, mais à une époque où elle ne devait rien à tout autre, et où par conséquent elle pouvait l'aimer d'un libre amour.

Aussitôt investie du malheureux titre de duchesse, elle avait rompu avec son amant qui de son côté, désespéré d'une union qui brisait tous ses liens de tendresse, se contentait depuis ce temps de gémir en silence et de concentrer dans son âme souffrante sa stérile passion.

Au milieu du vague affreux où Camille était plongée, elle se confia en la bonté divine, et la suppliait à genoux de lui donner assez de force pour supporter le sort qui lui était réservé. Elle porta ensuite sur son enfant ses yeux baignés de larmes, et l'aspect de cette intéressante créature lui rendait aussitôt son courage. Au moment où elle l'embrassait avec l'expression la plus cordiale, elle entendit la porte de sa chambre s'ouvrir avec bruit. Le duc entre brusquement, jette sur elle un regard sinistre, et affectant par orgueil une foideur qui déguisait mal sa rage :

« Eh! bien, madame, comment vous trouvez-vous ici? La manière dont on vous y a déjà traitée est l'indice favorable des égards de tout genre dont on va vous entourer dans votre château...., vous ne regretterez pas Naples, n'est-ce pas? »

« Je ne dois rien regretter, Monsieur, quand votre présence me tient lieu de tout, et de plus, par devoir et par obéissance je dois vous suivre partout. Seulement, je pourrais sans injustice vous accuser d'avoir laissé à la ville toute votre bonne humeur; car pendant le trajet et depuis notre arrivée dans ce domaine, votre bouche n'a pas proféré la moindre parole ; l'aspect même d'un enfant dont la nature a si bien copié les traits sur les vôtres n'a pu faire siéger sur vos lèvres l'ombre d'un froid sourire. Pourquoi ce changement subit, Monsieur? Ai-je pu vous déplaire en quelque chose, ou bien cette innocente créature vous porte-t-elle ombrage ? »

« Madame, reprend le duc, votre langage a lieu de m'étonner, et j'aime assez à vous rendre justice pour vous dire que vous savez admirablement bien déguiser vos sentiments ; mais vous prenez mal votre temps aujourd'hui, et vous ne devriez pas doubler l'énormité de vos fautes en les parant des fausses couleurs de l'innocence. O jour exécrable, ô jour mille fois maudit où je devins votre époux ! Je prétendis me choisir une femme fidèle, pouvez-vous, Madame vous appeler de ce nom ? »

Un semblable discours vint glacer Camille d'effroi : elle resta quelque temps immobile, et sa langue captive eut été incapable d'articuler le moindre mot.

Son silence fut aux yeux du duc la preuve évidente de sa culpabilité et de sa honte.

Aussi cet homme farouche et barbare, prenant tout-à-coup un caractère décidé de haine et de vengeance, et ne voulant plus donner à ses paroles un sens ambigu : « Tenez, Madame, dit-il avec l'accent le plus terrible et qui fit retentir la chambre, tenez, voici des lettres qui ne vous laisseront plus de doute sur les raisons qui me font agir de la sorte envers vous : lisez. »

Forte de son innocence, Camille parut rassurée; mais reconnaissant l'écriture de Belmire, elle tomba dans l'abattement le plus profond. Le duc ne voulut pas la laisser jouir de ce triste repos que lui laissait son évanouissement; à l'aide d'un flacon il ranima ses sens, et l'agitant fortement par le bras : Réveillez-vous, coupable femme, réveillez-vous, le duc, votre maître, ne veut pas que vous dormiez; le sommeil n'est pas fait pour les épouses infidèles : vous n'aurez de tranquillité que lorsque par un aveu franc et sincère, vous aurez diminué la grandeur de votre crime. Songez que vous êtes devant un juge terrible, mais qui encore, grâce au souvenir de l'amour qu'il a eu pour vous, n'a pas voulu fermer son ame à toute pitié. Déroulez-moi le tableau de vos égarements, apprenez-moi surtout le nom de l'heureux et coupable rival qui fait mon martyre, et peut-être qu'en vous rendant la liberté, je redoublerai de tendresse pour vous, si toutefois vous trouvez qu'il soit possible de vous aimer plus que je ne l'ai fait jusqu'à ce jour. Vous semblez faire bien des réflexions, faites en sorte qu'elles vous soient utiles; je vous laisse seule une heure. Ce temps écoulé, je reviendrai chercher votre réponse. Je vous veux encore assez de bien pour désirer que vos propres intérêts vous conseillent. »

En terminant ces mots, le duc s'éloigna en laissant percer dans ses mouvements brusques un geste plein de menace.

Camille venait de recevoir comme un coup de foudre. Tout ce qu'elle venait de voir et d'entendre lui semblait un rêve. Elle crut sortir d'un sommeil long et trompeur, tant ce qui s'était passé devant elle lui paraissait incroyable. Mais bientôt toute sa raison lui revint, et lui permit de voir toute l'horreur de sa position. Que faire? Seule, sans appui, sans conseil, quel parti prendre? Que répondre au duc impitoyable? Gardera-t-elle un silence obstiné? elle s'expose à la plus affreuse vengeance. Prononcera-t-elle le triste nom de l'infortuné Belmire? elle assume sur lui la rage éternelle d'un époux aveugle dans sa jalousie. Cette horrible alternative la mettait hors d'elle-même. Son cœur palpitait avec violence, et tout-à-coup ses battements s'arrêtaient et rendaient la pauvre Camille décolorée et comme sans vie.

Cependant les instants s'écoulaient avec rapidité, et l'horloge allait sonner l'heure fatale qu'attendait son bourreau Elle hésita quelque temps, réfléchit avec tout le degré de précision que pouvait lui laisser l'abattement où elle était plongée, et reprenant bientôt comme par un miracle du ciel cette assurance et ce courage qui accompagnent presque toujours un cœur innocent, elle se dévoua en sacrifice, préférant mille tortures, la mort même aux remords éternels que lui laisserait plus tard sa lâche perfidie envers celui qui n'avait à se reprocher que de l'avoir aimée. Non, s'écria-t-ellle, avec l'accent énergique et généreux d'une ame noble qui recule devant une mauvaise action, non, Camille peut être malheureuse, Camille peut se voir condamnée aux maux les plus affreux ; Dieu tient son sort entre ses mains ; mais devenir coupable de trahison, acheter son repos par les tourments d'un autre, jamais..., jamais. Encore une fois, plutôt mille tortures, plutôt la mort !

A peine achevait-elle ces mots, que l'heure terrible se fit entendre. Le beffroi du château fit un lugubre tintement, et le duc dont les doigts se crispaient d'impatience se précipita dans la chambre de Camille avec tous les dehors d'une bête féroce qui fond sur sa timide proie. L'attente d'une heure l'avait tellement agité qu'il fut obligé de se jeter sur un siége pendant quelques instants, mais son regard, son méchant regard épiait toujours sa victime et ànalysait le moindre de ses mouvments. Camille eut le bonheur de ne pas se déconcerter. Elle s'attendait à toute espèce d'outrages, d'humiliations ; elle avait offert sa vie au ciel en expiations de la faute qu'elle avait commse en contractant un premier amour sans prendre conseil de sa mère, et ce sâcrfice l'avait rendne peut-être plus forte que le duc. Celui-ci ayant repris sa fureur, mais lui donnant une mesure qui pourtant n'excluait pas la politesse : « Eh ! bien, madame, êtes-vous dcidée à unc sage réponse ? Avez-vous murement réfléchi à vos intérérs, tenez-vous à reconqnérir mon amour qui , vous le savez ,a toujors été sans bornes ? Quoi ! vous ne répondez pas ? Songez-y bien.... les moments sont précieux. Apprenez que si ma tendresse pour vous peut devenir extrême, ma haine et ma rage peuvent aller plus loin. Ne m'irritez pas par un silence où en toute justice je ne pourrais trouver qu'un refus formel. »

Camille se taisait toujours, et ses yeux tantôt levés vers le ciel, tantôt attachés sur sa jolie mais malheureuse fille, semblaient devoir au moins commander la pitié. Mais le cœur du duc était inaccessible à ce doux sentiment. La voix de la férocité vibrait seule jusqu'à son âme. Lassé et confus d'avoir parlé en vain : « Me répondrez-vous enfin, madame, cria-t-il tout haut, ou voudrez-vous toujours vous jouer de ma colère ?

« Monsieur, dit Camille, toujours avec douceur et résignation, je suis prête à subir toutes les épreuves par lesquelles vous voudrez me faire passer ; je suis à vous entièrement, disposez donc de moi à votre gré ; mon aveugle obéissance se rendra à vos plus petites volontés, vos ordres me seront toujours sacrés quoiqu'il m'en coûte; mais attendez-vous à me trouver toujours rétive et indocile lorsqu'il s'agira de devenir lâche et traîtresse. »

A ces paroles les yeux du duc devinrent fixes. Un ton si ferme sorti d'une bouche qu'il avait vue sans cesse si timide, ne le rendit que plus furieux. « Madame, reprit-il, c'est vainement que votre fausse énergie veut cacher votre crime; elle ne sert au contraire qu'à doubler ma conviction; car, enfin, quelle peut être votre défense devant ces lettres, ces témoins muets qui parlent si haut contre vous? Une femme forte de son innocence, et qui, pour la faire briller, a des preuves solides, s'empresse de les produire, dans son intérêt comme dans celui de l'époux qui l'accuse. »

« Je n'ai qu'un mot à vous dire, monsieur. Ces lettres qui sont tombées dans vos mains ne sont point pour vous un argument de déshonneur et de honte. Ces lettres m'ont été réellement adressées et ont provoqué de ma part plus d'une réponse; mais elles ont été écrites à une époque où je pouvais les lire, et y répondre sans rougir et sans m'attirer le blâme de personne. Je suis heureuse en ce jour, je dis plus, je suis fière de pouvoir jurer à la face du ciel que mon chaste cœur n'a jamais dépassé les limites du devoir. Lorsque pour la première fois vous me pressâtes dans vos bras j'étais vierge, sans tache, entendez-vous? et si vos caresses me firent rougir, ce ne fut point de remords ou de honte, ma pudeur seule était alarmée. Ah! Monsieur, de toutes les douleurs que j'endure, la plus cruelle c'est d'être assez malheureuse pour avoir perdu votre confiance. Après un tel outrage, rien ne saurait me rendre au bonheur. »

On conçoit aisément que ces paroles prononcées avec force, avec assurance et sans la moindre hésitation, durent produire un effet favorable à Camille sur l'esprit de son époux; mais étranger à tout sentiment généreux, cet homme impitoyable ne resta que fort peu de temps dans ces bonnes dispositions. Il dit à son épouse qu'il voulait bien la croire innocente, qu'il en était même persuadé, mais que rien ne pourrait fléchir son courroux et le faire départir de l'affreuse résolution qu'il avait conçue si l'on s'obstinait à lui taire le nom de celui qu'il regardait toujours comme son rival. Il ajouta qu'il était temps encore de faire un aveu, mais qu'il n'était pas disposé à attendre plus longtemps. Rendons hommage à la vérité, et disons qu'il employa les séductions les plus captieuses pour arracher ce secret d'une poitrine dont il ignorait encore toute la force. Son orgueil s'abaissa presque jusqu'aux caresses; en un mot, il sut donner à ses yeux, à ses discours, enfin à toute sa personne une expression si franche et si rassurante que Camille, née si bonne, si confiante, voyait déjà sa sensibilité échouer devant un piège si séduisant. Mais une voix intérieure, une voix noble parla à son cœur, et rougissant aussitôt d'un commencement de faiblesse elle imposa silence à toutes les raisons qui venaient en foule contrebalancer sa résistance, et sans qu'elle prononçât un seul mot, ses yeux apprirent au duc qu'elle était toujours dans la ferme résolution de se taire. Celui-ci insista toujours et n'obtint rien. De la douleur il passa à la colère; mais tout fut inutile. Alors le feu sortit de ses sombres prunelles, et ne voulant plus ajourner sa vengeance, il commença à exécuter tout ce qu'il y avait de noir dans ses projets. L'innocent témoin de ce drame dormait paisiblement sur le lit de sa mère infortunée. Le duc, sans égard pour son sommeil, et froid devant un petit visage dont la bouche à demi fermée exprimait le plus doux sourire, le saisit sans laisser apercevoir que sa violence voulût se contraindre. La mère (ah! que l'amour inspire du courage), la mère se lève tout échevelée. D'abord les paroles lui manquent; mais son regard a je ne sais quoi de si impérieux que le tigre, comme obéissant à une force supérieure à la sienne, s'arrête immobile et les genoux presque tremblants. Camille lançant sur lui des yeux où un mélange de mépris se mariait à l'indignation et au désespoir : « Arrêtez, barbare, arrêtez! c'est assez d'un crime, n'en commettez pas un second : n'outragez pas la nature jusque dans l'enfance, et si votre odieuse rage vous laisse encore l'usage des souvenirs, n'oubliez pas que vous êtes père; voyez cet enfant qui en entrant dans la vie fut bercé par la main du malheur, il me tend les bras comme s'il comprenait qu'il n'a que moi sur terre. Oh! rendez-le vite à sa mère; rendez-le moi, vous dis-je, je vous l'ordonne au nom du

Ciel; ensuite vous ordonnerez à votre tour, je vous obéirai. Avec ma fille qui seule a jusqu'ici soutenu mon courage, je me sentirai la force de vous braver, vous et les tortures que vous me préparez. »

« En échange de votre enfant je vous demande, dit le duc, le secret que vous me taisez; mais plus de retard, car un seul moment peut vous perdre. »

Cette mère infortunée, sur qui l'honneur avait autant d'empire que l'amour, leva ses mains vers le ciel. Que votre volonté soit faite, ô mon Dieu ! s'écria-t-elle, soutenez mon courage; protégez ma fille et pardonnez à mon bourreau. Vous, Monsieur, partez; je suis plus calme maintenant, et me trouve heureuse d'avoir toute ma tranquilité et toute ma raison pour voir toute l'horreur de votre conduite. Partez, vous me faites horreur. »

Alors sa fille poussa un cri. Un nouveau combat allait se livrer dans l'âme de Camille, lorque le duc, honteux d'être vaincu en énergie par une femme, se retira brusquement avec un fardeau dont ses yeux ne savaient pas apprécier tous les charmes.

Pourquoi faut-il que la nature enfante des monstres aussi odieux? Où trouver une âme plus féroce, un cœur plus barbare, des entrailles aussi dures et aussi insensibles? Le duc était sans doute sorti des Enfers ! sans cela comment résister à la prière d'une épouse aussi tendre et rester froid devant un enfant dont les bras innocents se tendent vers sa mère? Mais tout ceci n'est que le faible prélude de mille autres cruautés.

Après avoir donné essor à son noble mépris et à une indignation si naturelle, Camille, qui s'était jetée sur son lit ne fut pas longtemps sans fermer les yeux. Ce sommeil vint calmer son agitation et endormir pendant quelques heures les craintes mortelles que l'avenir de sa fille excitait en elle.

Que faisait le duc de son côté? il reposait aussi; car à force d'émotion il faut faire halte dans le crime comme dans la sensibilité. Nous avons dit qu'il reposait, mais il ne dormait pas; le sommeil n'est point fait pour une conscience aussi agitée que la sienne. Sa poitrine était gonflée ses yeux étaient immobiles, et tous ses membres avaient perdu leur vigueur. Ce qui chez lui avait pourtant la même activité, c'était son inextinguible jalousie qui, jour et nuit, traçait sur les murs de sa chambre des ombres capables de l'irriter.

Camille s'éveilla après quelques heures: sa main se porta aussitôt à son front; car sa tête était brisée et pleine encore des images sinistres que lui avaient laissées les rêves les plus confus. Mais elle se rappelait ce qui s'était passé et tout ce qu'elle devait attendre de la rudesse de son époux ne put la faire changer de résolution. Ce qui l'affligeait le plus c'était l'enlèvement de sa fille. Elle se souvint qu'elle possédait son portrait chéri dont un artiste lié à sa famille lui avait fait présent. Elle le chercha avec empressement, et lorsqu'elle l'eut trouvé, elle l'embrassa avec tout l'amour d'une mère. Elle avait encore les lèvres posées sur cet objet précieux lorsque le duc entra à pas lents et la figure abattue. Il regarda de tous côtés comme un fou qui cherche quelque chose et qui ne peut le trouver.

Enfin, après avoir fait mille gestes auxquels il eut été impossible d'appliquer un sens direct, il se tourna vers son épouse : « Ce que vous m'avez dit hier, Madame, est donc votre dernier mot? — Mon dernier mot, Monsieur. — Vous voulez donc pousser à bout ma patience et vous mettre dans le cas de vous accuser vous-même de tous les malheurs qui vont vous arriver.....? — Une femme de ma sorte ne revient jamais d'une parole qu'elle a dite avec toute sa raison, et encouragée par son innocence ; d'un autre côté, quand l'espoir du retour de ma fille dont vous me flatteriez ne pourrait pas vaincre ma résistance, que pourriez-vous m'offrir de plus attrayant ? »

« Assez, Madame, assez ! s'écria le duc d'une voix plus effrayante que jamais. Des supplices qui ne finiront qu'avec votre vie vont enfin commencer pour vous. Vos yeux brillants dont l'éclat a consumé d'amour un rival que je déteste vont s'éteindre dans l'obcurité la plus profonde. Regardez une dernière fois au miroir l'incarnat de vos joues ; il tombera bientôt sous la voûte d'un humide cachot. Alors je vous permettrai d'aimer, d'adorer même, si vous le voulez, cet amant que je hais, et dont vous craignez tant de compromettre la sécurité.

A ce mot d'amant, il entra dans une fureur si violente que saisissant Camille par le bras il était sur le point de se livrer aux excès les plus honteux, lorsqu'il tomba presque abattu sur un sopha. La malheureuse épouse qui jusqu'ici n'avait subi aucun mauvais traitement de ce genre, éprouva tout-à-coup un sentiment d'humiliation et de terreur qu'il serait impossible de décrire. Elle eut pourtant la force de se traîner à son lit, et aussitôt elle fut plongée dans le plus profond évanouissement.

Le duc, revenu à lui, profita de cet anéantissement pour appeler un médecin auquel il était étroitement lié. Ce dernier trouva la duchesse fort malade, et dit qu'on ne pouvait la sauver qu'à force de soins et de précautions. La déclaration du docteur fut entendue de plusieurs témoins, ce qui favorisait à merveille l'affreux projet qu'avait le mari jaloux de la faire bientôt passer pour morte. Le monde ne tarda pas à se retirer, et le duc resta seul avec la malade. Au bout de trois grandes heures, elle reprit l'usage de ses sens, mais ne se rappela pas cette fois ce qui naguères venait de se passer. Ses yeux étaient égarés et larmoyants et son visage avait toute l'influence du vertige. L'impitoyable duc espérant que son énergie s'était évanouie avec ses forces, essaya de nouveau de vaincre sa résistance. Son erreur était extrême, car ses demandes furent repoussées avec beaucoup plus de fermeté que les autres fois. Alors d'un ton calme mais qui cachait toujours la même fureur :

« Maintenant je suis satisfait, Madame, et quel que soit l'excès des rigueurs auxquelles je vais bientôt me livrer envers vous, je n'éprouverai aucun remords puisque j'aurai tout fait pour vous garantir des effets de ma juste colère, et que de votre côté vous n'aurez rien employé pour me désarmer. Je vais demain écrire à vos parents que vous êtes morte, car désormais vous ne vivrez plus pour personne. Moi seul aurai le secret de votre existence, et je la prolongerai de mon mieux, je vous le jure; car j'ai besoin que vous viviez longtemps, bien longtemps, pour que vos souffrances me dédommagent un peu de celles que vous m'avez fait endurer. »

Ces paroles auraient glacé d'effroi une ame moins forte et moins résignée que celle de Camille; mais comme elle prévoyait tout, rien ne put effrayer sa constance. Seulement, elle dit avec l'accent le plus tranquille : « Me livrer à mille tortures ce sera pour vous une chose facile, Monsieur ; mais dites-moi, je vous prie, quel est le moyen que vous emploierez pour faire croire à ma mort et la légaliser ? »

« Le moyen est déjà trouvé, répondit le duc : persuadé d'avance que rien ne pourrait vous dompter, j'ai fait fabriquer une figure en cire dont les traits sont en parfaite harmonie avec votre visage ; à l'aide de cette ressource je dirai que vous êtes morte dans mes bras, et personne, grâce au crédit dont je jouis dans le pays, ne pourra penser le contraire. » Ce méchant homme prononça ces paroles avec un sang-froid dénaturé. Que sa tranquillité fut sincère ou factice, elle était toujours horrible.

« C'est donc sur des moyens aussi criminels que vous vous reposez, répliqua Camille, pour assouvir votre injuste vengeance? Eh bien! livrez-vous à tout ce qu'inspire une aveugle fureur, je courberai docilement la tête sous le coups les plus affreux. Le ciel, j'ose l'espérer, ne m'abandonnera pas, et me donnera toute la force dont j'ai besoin. Pour vous, si vous croyez que votre ame cruelle ne puisse pas inventer des supplices assez grands, priez l'enfer de vous aider; avec son secours vous serez content, peut-être, et votre victime sera assez malheureuse. »

Ces paroles émurent le duc, mais pour doubler sa rage. Sa malheureuse épouse, que tant d'agitations sans cesse renaissantes avaient abattue demanda avec instance qu'on lui permît de prendre quelques instants de repos. Cette faveur lui fut accordée. C'étaient au moins quelques instants de bonheur pour elle ; car en dormant on divorce un peu avec ses afflictions. Voyant qu'elle fermait les yeux son bourreau s'éloigna ; mais comme il avait juré de ne plus la laisser tranquille, il revint au bout d'une heure.

Camille dormait encore. Elle était si fatiguée, si souffrante ! Il eut la cruauté de la réveiller, et lui présentant une coupe : « Voici, madame, un breuvage salutaire que vous a prescrit le docteur ; puisse-t-il vous calmer ! c'est, croyez-le, le souhait sincère que je forme. »

La malade hésita un instant ; ses yeux incertains regardaient tantôt le breuvage, tantôt la main qui le lui présentait. Le duc qui s'aperçut de sa méfiance lui demanda quelle était l'idée qui pouvait la troubler. « Rien ne me trouble, répondit Camille ; car si cette coupe était de nature à m'inspirer quelque grave soupçon, j'ai encore une assez bonne estime de vous pour croire que vous seriez plus troublé que moi. Donnez, monsieur, que je vous obéisse; que j'obéisse au docteur; et d'une main assurée elle approcha la coupe de ses lèvres décolorées et but d'un seul trait ce qu'elle contenait. — « Maintenanant, reposez, dit son persécuteur, ce remède doit vous guérir; du moins le médecin qui a pris le soin de le préparer lui-même m'en a fait la promesse. »

Ces paroles étaient accompagnées d'un sourire trop doux pour que la pauvre Camille pût croiro à leur sincérité. Ell reprit pourtant: « Dieu le veuille, monsieur, je vous remercie de cet acte de bienveillance. Elle avait à peine achevé ces mots que ses yeux se sentirent obscurcis comme pas une épaisse vapeur, et bientôt un sommeil léthargique vint alourdir ses sens. Le breuvage qu'elle venait de prendre, en donnant à son visage une pâleur mortelle, avait la vertu de la faire dormir plus longtemps. Le duc qui ne l'avait point quittée attendit pour agir que l'anéantissement fût complet et que la fatale potion, s'infiltrant dans tous ses membres, fût arrivée au degré de toute son action. Alors, convaincu que nul ne pourrait découvrir son stratagème, il fit appeler son docteur. Lorsque ce dernier fut en sa présence, il lui tint ce langage : « Tous nos soins ont été inutiles, vous le voyez ; notre malade a rendu le dernier soupir il y a quelques heures, dans les crises les plus terribles. Quel changement dans ses traits ! Quel ravage la mort a produit sur tout son corps ! » — « Consolons-nous, dit le docteur ; elle était mortelle comme nous le sommes tous. Mourir si jeune et si jolie, si bonne et si vertueuse, c'est vraiment dommage ! » En disant ces mots, cette homme abusé inclina sa tête pour considérer de plus près la triste Camille; mais le duc s'inclina aussi pour jeter de l'obscurité sur son lit, et tout réussit au gré de ses désirs. Il avait du reste pris toutes ses précautions pour cela : d'épais rideaux adaptés aux fenêtres de la chambre interceptaient presque entièrement la clarté du jour, et lui pleurait de façon à faire croire à une véritable douleur. Le docteur le quitta après lui avoir donné les consolations d'usage, et fut bientôt remplacé par un prêtre qui vint réciter les prières des morts. Cela fait, le duc congédia tout le monde et ordonna qu'on le laissât seul pendant un laps de temps qu'il prescrivit ; il ajouta que sa douleur se plaisait avec le silence et la solitude, et qu'il voulait prier à genoux toute la nuit auprès du lit de son épouse. Lorsqu'il fut seul, il appela de tous ses vœux le réveil de Camille. Au bout d'une heure elle se réveilla. « Avez-vous bien reposé, madame ? — Monsieur, l'effet du sommeil a produit en moi quelque chose que je ne saurais définir ; je me sens toute différente de ce que j'étais naguères. Y a-t-il longtemps que je dors ? — Madame, ce serait perdre un temps trop précieux pour moi que de vous déguiser ce qui vient de se passer. Le breuvage dont vous sembliez tant redouter l'effet n'était pas mortel; vous le voyez, puisque vous vivez encore. Il renfermait seulement une substance soporifique qui m'a fourni le temps et les moyens de faire croire à tout le monde que vous veniez d'expirer dans mes bras. Le docteur a déjà constaté le décès; les prières des morts ont été récitées par le pasteur au pied de votre lit; le tout a été fait devant des témoins; ainsi vous êtes réellement morte pour tous excepté pour moi. Demain, sans plus tarder, vos parents seront instruits de cette fausse nouvelle qu'ils croiront véritable; car pour détruire toute espèce de soupçon, je ferai élever un tombeau où l'on croira que vous serez descendue avec tout l'appareil d'une pompe funèbre. Pourtout je vais encore tenter un dernier effort. Révélez-moi ce nom fatal, ce nom odieux qui fait toute ma peine, et de la mort vous reviendrez soudain à la vie, de l'esclavage à la liberté, de la souffrance à la joie. — Monsieur, je n'ai rien à vous dire; je reste ferme dans ma résolution. — Cruelle femme, reprit alors le duc, tu veux donc rester toujours inflexible? rien ne peut te dompter? Eh bien! je vais t'ensevelir, toi et ton fatal secret dont je n'ai plus besoin, dans un vivant tombeau d'où tu ne sortiras jamais. »

A ces mots, la saisissant avec violence et sans le moindre ménagement, il l'emporta dans ses bras. Ils traversèrent plusieurs corridors, et après un court trajet ils se trouvèrent dans une vaste cour. Au fond de cette cour se trouvait une porte dérobée qui s'ouvrit à l'aide d'une légère pression. Un vaste rocher se présente. Sous les pieds du duc une trappe obscure s'ouvrit, et à la lueur d'une lampe qu'il avait d'avance placée là tout exprès, il descendit dans la profondeur du souterrain par des degrés humides et dégradés par le temps. Puis posant sa victime obéissante sur une natte de paille : « Voilà, dit-il, madame, votre dernière habitation dont vous comprendrez bientôt toute l'horreur lorsque la comparant au brillant palais que vous avez quitté, vous vous rappellerez que vous êtes l'artisan de votre propre malheur ; vous n'avez pas su expier vos erreurs par un aveu sincère, vous gardez précieusement dans votre ame un nom que sans doute vous adorez ; eh bien ! vivez avec votre secret, et n'attendez de moi que les châtiments dûs à votre crime et à votre opiniâtreté. Vous me braverez peut-être encore, mais votre orgueil sera bientôt affaissé sous les souffrances ; vous emploierez alors les sanglots et les larmes, mais il sera trop tard ; vous pousserez des gémissements, mais ils seront étouffés sous l'épaisseur inaccessible de ces murailles ; vous implorerez quelque secours, mais aucune voix humaine ne vous répondra. La nature entière sera sourde aux supplications de l'épouse infidele. Comme il faut que vous viviez pour que ma vengeance ait tout son cours, je vous apporterai moi-même votre nourriture à des époques fixes, secours dont je ne vous gratifierais pas, car vous en êtes indigne, si je ne voulais pas vous voir souffrir longtemps. Vous voyez ce tour; tous les deux jours, par une issue extérieure, je vous ferai passer ce que je vous destine. Rappelez-vous que c'est là le seul bienfait que vous puissiez désormais obtenir de moi. »

— « Monsieur! puisque le sacrifice est consommé, retirez-vous, par pitié; votre présence m'est mille fois plus dure que l'aspect de tous les tourments que vous me préparez. Retirez-vous, mais ne comptez pas sur l'épaisseur de ces murailles pour que ma voix n'ait aucun retentissement. Cette voix que vous croyez si faible et qui s'éteindra, dites-vous, par les privations et les souffrances, cette voix d'une faible femme ira jusqu'à Dieu qui ne m'abandonnera pas; cette voix ira jusqu'à vous et troublera sans cesse votre repos. Cette voix viendra chaque nuit vous reprocher votre crime, et vous apparaissant dans vos rêves affreux, je vous verrai pâlir et me demander grace! mais je serai sourde à mon tour; car il faut que vous souffriez aussi. Barbare, ame féroce! vos tourments seront tels que je ne voudrai point les endurer en échange des miens : je ne souffrirai que par le corps; vous, vous souffrirez par votre conscience. Allons, commençons nos tortures : à cet effet, retirez-vous. »

Un pareil discours, une fermeté aussi inébranlable, tant de noblesse dans le courroux, tant de vigueur avec tant de souffrances, et surtout ces menaces prophétiques dont il ressentait déjà le prélude dans son cœur, tout en un mot dans la personne de Camille avait fait trembler son bourreau. Les yeux de la victime qui pour un instant avaient repris tout leur éclat furent comme deux glaives qui percèrent le cœur du duc. Il sentit presque son caractère l'abandonner, et peu s'en fallut qu'il ne devînt homme. Mais imposant silence à tout sentiment généreux, et n'écoutant que son orgueil qui égalait sa férocité : « Oui, je vous quitte, dit-il, pour aller savourer les plaisirs de la vie qui ne sont plus faits pour vous. Adieu !... »

— « Un seul mot, dit Camille : si vous avez immolé la mère, il vous reste la fille ; mais souvenez-vous que vous n'en êtes que le dépositaire, qu'elle appartient à Dieu qui vous voit, qui, s'il le voulait, ferait tomber d'un geste les murs qui nous environnent, et qui dans sa justice a inventé les tourments les plus affreux pour les pères barbares. Comme je suis morte pour elle, ne lui enseignez pas à détester ma mémoire ; si elle était dans mes bras, je lui dirais de vous plaindre et de vous aimer. »

Le duc était dans une position plus horrible que sa victime; et à n'en juger que par son attitude et son émotion extérieure on l'eut pris plutôt pour le supplicié que pour le bourreau. Il se hâta de quitter le souterrain où mille fantômes venaient troubler sa vue ; et fermant la porte avec soin, il alla chercher au grand jour des distractions qui lui devenaient si nécessaires.

Aussitôt l'obscurité la plus profonde régna sous la voûte où était enfermée Camille. Un instant elle se sentit pénétrée d'horreur; ses cheveux, autrefois si beaux, si flottants, se hérissèrent d'effroi, et une sueur froide se répandit sur tout son corps. Pouvait-il en être autrement? Non, sans doute. Figurez-vous, une femme au printemps de son âge, née avec une ame sensible, enfermée dans le cachot le plus ténébreux, et privée du plus léger commerce avec la société; retracez-vous une victime dont le corps était déjà sillonné par les traces des plus fortes douleurs, étendue sur la paille, n'ayant pour boisson qu'une eau que peut corrompre en un instant l'humidité fétide de sa prison, et pour toute nourriture qu'un peu de pain qu'on lui donne comme par pitié ! Elle qui aux jours heureux de sa première liberté, environnée de l'éclat que procure une illustre naissance, et de tous les plaisirs de la vie, faisait l'orgueil de sa famille et rendait sans le savoir mille cœurs jaloux de la posséder ; elle qui, reçue en naissant dans un berceau couvert de fleurs, pouvait prétendre à l'avenir le plus brillant et au bonheur le plus inaltérable. Il fallait certes un miracle du ciel pour que son corps délicat pût résister à tant de souffrances ; une autre à sa place eut infailliblement succombé à ces maux de tous genres, mais son ame était robuste et plus forte que l'adversité : elle avait foi dans la bonté divine, et c'est sans doute cette influence qui soutenait son courage.

Courage, Camille ! les grandes infortunes sont faites pour les grandes ames. Si le monde connaissait tes malheurs, il t'admirerait, et plein d'un noble courroux, viendrait briser les liens qui te retiennent captive. Courage ! le ciel n'abandonne jamais ceux qui espèrent en lui.

Croirait-on qu'au milieu de tant d'épreuves qu'elle eût à subir au château, la privation de sa fille la préoccupait plus que tout ce qu'elle pressentait devoir souffrir ? Nous avons parlé d'un petit portrait où était tracé l'image de cet enfant adoré. Au milieu de ses longues agitations cette mère aimante prévoyant qu'une longue captivité allait être le résultat de son opiniâtreté, avait caché adroitement dans son sein ce précieux objet pour qu'il devînt plus tard un remède à ses mortels ennuis. A peine fût-elle seule dans le souterrain qu'elle fit son modeste repas. carson corps était trop délabré pour attendre plus longtemps quelque nourriture, et prenant dans ses mains cet heureux portrait, le muet témoin de ses peines, elle l'embrassa à plusieurs reprises en l'arrosant de ses larmes : Tu me restes donc, dans mon malheur, douce image de ma fille, pour me consoler et m'aveugler un peu sur mes souffrances ! Oh ! je suis encore heureuse au milieu de mes infortunes ; tu ne quitteras jamais ou mes lèvres ou mon sein, car si je t'égarais dans ce ténébreux séjour, je ne pourrais peut-être plus te retrouver. En te pressant sur mon cœur je croirai presser celle que tu me retraces, et si dans la nuit épaisse qui m'environne, mes tristes yeux ne peuvent plus contempler ses traits, ils sont peints dans ma mémoire en caractères ineffaçables. Ma fille, fruit des plus malheureuses amours, puisse le ciel te protéger loin de ta mère et te laisser toujours ignorer quel est le sort de celle qui te donna le jour!.... Sa tête alors se pencha sur la paille, des larmes abondantes inondèrent ses yeux, et l'effort de sa sensibilité fut si grand qu'elle resta quelques minutes comme anéantie. Lorsqu'elle eût repris l'usage de ses sens, jugeant d'après l'heure à laquelle elle était entrée dans le souterrain que la nuit devait s'approcher, et d'un autre côté sentant sa paupière se fermer, elle offrit à Dieu sa prière du soir. Mon Dieu, disait-elle, vous dont l'œil perce jusque dans la profondeur des abîmes, descendez tous les jours jusqu'à moi, non pour me délivrer, car vous m'éprouvez sans doute, mais pour affermir mon courage; je me répens d'avoir haï mon persécuteur; pardonnez-lui ses cruautés et imputez plutôt à son aveuglement qu'à son cœur tous les tourments qu'il me fait endurer. Je vous offre mon sommeil; faites que pendant mon repos si quelque pensée m'agite elle soit toute à vous. Aussitôt ses yeux se fermèrent. Laissons-la reposer, la pauvre mère, et quittons un instant le souterrain pour voir ce qui se passe au château.

Le féroce duc était revenu de sa vive émotion, ou si il en ressentait toujours les atteintes, il savait concentrer en lui-même tout ce qu'il éprouvait. Toute sa maison était parée d'un deuil factice, et la fausse douleur qui régnait sur son visage et dans ses discours avait une couleur si vraie que tout le monde s'inséressait à son veuvage et l'entourait de toutes les consolations que commandait la circonstance. L'inhumation se fit avec une pompe religieuse et touchante; tous les notables de l'endroit et les parents du duc et de Camille assistèrent à cette triste cérémonie, et chemin faisant chacun s'entretenait des vertus de la pauvre duchesse et des regrets éternels qu'elle laissait dans le cœur de tous ceux qui l'avaient connue. L'époux qui paraissait inconsolable, car sa prudence surveillait toujours son faux désespoir pour que l'œil le plus pénétrant ne put douter de sa sincérité, offrit la scène la plus déchirante lorsque la poussière des tombeaux couvrit la bière qu'on croyait renfermer le corps inanimé de son épouse, et par ses cris plaintifs arracha des larmes à tous les assistants. Pourtant il est utile d'ajouter que celui qui aurait eu seulement l'ombre d'un soupçon, aurait vu le crime du duc peint sur son visage lorsque le crédule et pieux pasteur qui accompagna le cercueil au lieu qu'on avait creusé pour le recevoir prononça l'oraison funèbre de Camille et qu'il préluda par ces mots si terribles pour celui qui était coupable : *La vertueuse Camille n'est plus ; cœurs sensibles, plaignez l'époux qui lui survit !*

A ces mots, le veuf supposé tressaillit, ses larmes cessèrent de couler, son œil devint hagard et tout son corps éprouva un tremblement convulsif, mais la foule uniquement occupée de sa propre douleur et recueillie et attentive aux paroles consolantes du prêtre n'avait des yeux que pour comtempler le ministre du seigneur ou la poussière sous laquelle elle avait cru voir disparaître celle qui hélas! vivait encore. La cérémonie une fois terminée, le duc fit tous ses efforts pour se trouver bientôt seul, car le monstre redoutait la présence de chacun, et le cortège se divisa le cœur navré de tout ce qu'il venait de voir et d'entendre. Pour lui, poursuivi par mille remords, mais inébranlable dans sa résolution, il se sentit après la cérémonie comme délivré d'un pénible fardeau. Le plus difficile était exécuté et la prudence et sa sûreté personnelle exigeaient seulement de lui qu'il prît toutes les mesures convenables pour qu'on ne découvrît jamais la retraite de son épouse.

Vers le déclin du jour, il se dirigea vers le souterrain, en descendit les marches, et par un léger bruit dont il était convenu avec sa captive il l'avertit de son arrivée; il déposa dans la tour les aliments dont il s'était muni et se retira promptement. Pour abréger un récit qui nous conduirait trop loin, si nous voulions en retracer tous les détails, nous dirons au lecteur que plusieurs années s'écoulèrent sans que le plus léger adoucissement fut apporté aux douleurs de la pauvre martyre.

Mais comment donc pouvait-elle vivre au milieu de tant de souffrances? quel bras puissant pouvait soutenir sa faiblesse? C'était le sentiment le plus noble et le plus salutaire surtout quand on se trouve, comme Camille, seul et privé de tout appui. Ayant tout-à-fait renoncé au monde et à toutes les sensations terrestres qui vont vibrer jusqu'au cœur, son âme n'appartenait plus à la terre, et chaque jour franchissant la voûte de sa prison, allait se réfugier dans le sein de Dieu. Lorsque dans sa retraite obscure la pauvre femme sentait son courage diminuer, elle avait recours à la religion si féconde en consolations que tous les plaisirs du monde n'auraient pu lui procurer, et cette douce pensée, qu'en dépit de son cruel époux, la mort briserait un jour ses fers, lui rendait toutes ses peines supportables. Élevée dans son enfance à l'ombre des autels et nourrie pendant longtemps dans les sentiments de la plus pure morale, elle n'avait rien perdu de son ardente foi dont le flambeau brillait toujours dans son âme, et l'espoir d'un bonheur futur lui faisait fermer les yeux sur les souffrances d'ici-bas. Rappelant à la mémoire les simples mais sublimes cantiques dont sa voix mélodieuse faisait autrefois retentir les arceaux du temple, elle aimait à les chanter dans sa prison où se répétaient ses accents.

C'est ainsi que cet ange charmait les ennuis de sa captivité et adoucissait les rigueurs de sa position en ne songeant qu'au ciel et en pratiquant les actes qui pouvaient un jour la rendre digne d'y entrer. Douée d'une imagination vive et confiée aux jours de sa prospérité à d'habiles maîtres, elle avait, pendant plusieurs années, cultivé la poésie, et revenant aux doux délassements qu'elle procure, elle composait, étendue sur la paille, des chansons qu'elle adressait au Seigneur. Ceux qui jouissent de la liberté et de tous les charmes qui y sont attachés ne comprendront pas comment Camille pouvait égayer l'horreur de sa prison par des délassements et des occupations en apparence si futiles; mais ceux qui comme elle ont gémi dans les fers et ont été pendant longtemps privés de la clarté du jour, devineront aisément qu'un rien amuse un prisonnier et attache son cœur. Lorsque dans la saison de l'été le tonnerre grondait avec éclat, son bruit plein de majesté arrivait quoique faiblement jusque sous la voûte, et la captive se trouvait alors moins seule et semblait tenir à la terre par quelque lien. Ce qu'elle aurait voulu savoir c'était le temps précis qui s'était écoulé depuis qu'elle était enfermée dans le souterrain, mais tous ses calculs devenaient inutiles. Un certain jour elle entendit la porte de sa prison s'ouvrir. Soudain un mélange de joie et de crainte fit battre son cœur. Quelqu'un s'approcha d'elle : c'était le duc qui, par un sentiment de curiosité, car il ne pouvait être dominé par une idée plus généreuse, voulait voir sa victime et jouir par ses yeux de son horrible état. La lampe qu'il tenait à la main blessa la faible vue de Camille qui détourna la tête.

Son persécuteur resta quelques instants immobile et silencieux ; puis d'un ton toujours impérieux et brutal : « Vous voyez, dit-il, que je tiens ma promesse et que rien au monde ne pourrait borner ma vengeance ; vous vous êtes flattée plus d'une fois peut-être que le temps adoucirait vos maux en dictant à mon âme des sentiments de clémence. Vous vous êtes trompée ; je suis et veux être toujours inflexible, implacable comme vous le fûtes jadis. Il vous reste pourtant un moyen de sortir de l'abîme où vous êtes plongée. Le souvenir de l'amour que j'ai eu pour vous et mon titre d'époux, car enfin vous êtes toujours ma femme, m'ont aujourd'hui préoccupé favorablement pour vous, et je reviens du serment terrible que j'avais fait de ne jamais changer votre sort ; mais vous comprenez d'avance à quel prix vous pourrez revoir la lumière : le nom odieux de mon rival m'agite et m'inquiète toujours ; apprenez-le moi et de beaux jours vont éclore pour vous ; nous irons couler notre vie dans un pays lointain où nul ne connaîtra votre funeste histoire ; j'oublierai tous vos torts et vous verrez que celui que vous haïssez tant est encore capable de vous procurer une brillante destinée.

Que me proposez-vous, Monsieur ! vous connaissez donc bien peu Camille ? vous ne savez donc pas que je suis heureuse au sein de mes tourments parce que ma conscience est du moins tranquille ! si j'avais eu un aveu à vous faire, je n'aurais sans doute pas attendu si tard. Sachez que je suis toujours la Camille d'autrefois, et que je préfère l'esclavage à l'infamie. L'obscurité d'un cachot aussi noir que le mien ferait peur à une ame coupable, mais moi j'y vis tranquille et rien ne m'y trouble. Vous, Monsieur, vous n'y resteriez pas seul une heure; vous seriez effrayé de vous-même, et c'est grâce à moi, c'est grâce à ma présence que vous pouvez supporter l'horreur de ces humides murs. Oh! oui, vous auriez peur, ou plutôt depuis longtemps vous seriez mort d'effroi, si comme celle que vous persécutez vous aviez été condamné à subir de longues années d'obscurité et de peines.

Si ce sont là les seules propositions que vous soyez venu me faire, vous pouvez vous retirer, car vous ne gagnerez rien sur moi. Si pourtant mes malheurs et la résignation avec laquelle je les endure méritent à vos yeux quelque récompense, vous pouvez à peu de frais faire éclater votre générosité... Apprenez-moi seulement quel est le sort de ma fille et de mes parents; dites-moi si ces objets, toujours chers à ma tendresse existent encore, ou si j'ai à joindre à tous mes maux la certitude pénible qu'ils n'existent plus.

Si je ne vous demande pas cette grâce avec des larmes, c'est que la source en est tarie chez moi et que je n'ai plus la consolation d'en répandre, car elles me soulageraient. Eh bien! monsieur, vous ne répondez pas? ma prière sans doute vous importune, et c'est trop vous démander, peut-être? »

Le duc avec un rire infernal : « Oui, vous l'avez dit. c'est trop me demander; et pour vous donner un tourment nouveau, car à mon gré vous ne souffrirez jamais assez, je veux vous laisser dans une incertitude mille fois plus cruelle que la réalité. Ah! je le vois, le ciel protége ma fureur, car il prend si peu vos infortunes en pitié qu'il ne veut pas seulement vous laisser mourir.

Vivez donc, et que mon imagination se repaisse encore longtemps du tableau de vos souffrances. Je vous quitte, sachez que vous ne me reverrez plus. »

Il prononça ces mots avec un si barbare plaisir et les accompagna d'un geste si animé, que sa lampe tomba et s'éteignit. Alors s'accomplit la prophétie de Camille.

Le duc regarda cet accident comme une punition du ciel, et tout son corps devint tremblant. Dans une obscurité si profonde, il ne savait où porter ses pas, et effrayé, hors de lui-même, il les dirigeait toujours vers un autre côté opposé à la porte qu'il cherchait; son bras écartait des ombres homicides qu'il croyait voir autour de lui; sa tête se heurtait contre les murailles hérissées de la prison, et sa poitrine haletante semblait demander pardon de tous ses crimes. « Camille, où êtes-vous? disait-il tout bas avec l'accent de la prière; suis-je bien éloigné de vous? » Camille relevant sa tête qu'elle reposait sur la paille : « Avouez, Monsieur, que je disais vrai tout-à-l'heure; vous avez peur, n'est-ce pas? vous tremblez? Oh! c'est que vous êtes coupable. Que feriez-vous donc si comme moi, vous étiez condamné à vivre éternellement dans ce séjour!

Vous avez donc besoin de votre captive aujourd'hui? Vous implorez en ce moment son bras libérateur. Je vais vous le tendre; prenez ma main : vous voyez que la porte du souterrain n'est pas si éloignée de vous que vous le pensiez. Si j'avais été aussi barbare que vous, j'aurais profité de cette issue et de votre trouble pour reprendre ma liberté; je vous aurais ravi cette clé que vous auriez cédée sans effort comme à une puissance supérieure à vous, et faisant rouler la porte sur ses gonds, la captive aurait à son tour joué le rôle de son geôlier. Mais que dis-je? je n'aurais jamais pu être aussi barbare; et d'un autre côté, en paraissant au jour j'aurais dévoilé votre crime, déshonoré votre nom et livré votre personne à la vengence des lois. Allons, monsieur, reprenez votre empire ; je n'en suis pas envieuse, vous le voyez, puisque je l'ai dédaigné.

Rendez-moi à mon esclavage, au sein duquel je vais pouvoir m'applaudir d'avoir été plus généreuse que vous. »

Le duc ferma la porte et s'éloigna sans proférer la moindre parole. Camille ne devait plus le revoir.

La descente de son tyran dans le souterrain lui avait donné comme une nouvelle vie ; elle crut un instant que sa captivité venait de commencer : une voix humaine n'avait pas frappé son oreille depuis si longtemps que les paroles du duc, toutes dures qu'elles fussent, rompirent du moins l'horrible silence qui l'environnait depuis plusieurs années. Mais lorsqu'elle se livra à toutes les réflexions pénibles que pouvait faire naître en elle tout ce qu'elle venait de voir et d'entendre, c'est alors qu'elle trouva son époux plus féroce que jamais.

« Monstre dénaturé! s'écria-t-elle, tes entrailles sont donc de fer, puisque rien ne peut les attendrir? Eh quoi? tu n'es donc pas ému par la noble résistance d'une faible femme que le seul sentiment de l'honneur fait lutter contre tes fureurs? Maudit soit le jour où je fus unie à cet homme impitoyable! Qu'avais-je donc fait au ciel pour qu'il me fît arriver à ce comble d'infortune? Mais pourquoi ces reproches? Ne vaut-il pas mieux me résigner sans murmures à la rigueur de mon sort, dans la pensée que Dieu me tiendra compte de tant de souffrances? Courage donc, Camille! reprends ta fermeté, et ne te laisse point abattre par des idées dont jusqu'à ce jour tu as su dévorer l'amertume en silence. »

En terminant ces paroles, elle tira de son sein le portrait de sa fille, l'embrassa avec amour, et se sentit aussitôt soulagée.

Croirait-on que le nom de Belmire dont l'innocent et vertueux amour était la seule cause de sa captivité, n'était presque jamais venu se retracer à son esprit? La chose est pourtant réelle. Pourquoi? c'est que se croyant condamnée à vivre toujours dans son souterrain, elle avait dès les premiers jours cherché à éteindre sa flamme, et s'était habituée à l'idée que tout espoir était perdu pour elle; d'ailleurs il lui eût été bien impossible de nourrir des pensées d'amour dans une âme si affligée, si souffrante, si triste que la sienne : si par hasard il lui arrivait de penser à celui qui avait causé involontairement tous ses maux, c'était pour s'applaudir elle-même de n'avoir pas eu la lâcheté de faire son malheur.

Presque toujours ses pensées étaient à Dieu, à ses parents et à sa fille. Une idée accablante pour elle c'était la presque certitude qu'elle avait que sa mère habitait le château. Elle se la représentait rêveuse et pleurant auprès du tombeau factice qu'on lui avait élevé, ou promenant sa douleur dans les endroits les plus solitaires et les plus sombres; elle la voyait assise sur le rocher qui dominait la voûte de sa prison, pensant à sa fille qu'elle aimait tant, gémissant sur sa mort, et ne sachant pas, hélas! qu'elle était si près d'elle. Une autre fois, se faisant un triste tableau de son enfant, elle craignait qu'il ne fut en butte aux brutalités de son père ou aux dures exigences d'un méchant précepteur. Oh! il lui fallait alors toute sa foi et toute sa confiance en Dieu, pour ne pas succomber à des pressentiments aussi cruels pour une mère et une fille si aimante et si sensible. Mais ce Dieu, en la bonté de qui elle espérait tant, savait la dédommager en substituant à ces noirs à tableaux de gracieuses et riantes peintures. Les plus douces visions lui apparaissaient : elle voyait des anges éclatants et des ombres célestes voltiger autour de sa couche solitaire, et répandre dans sa prison une clarté mille fois plus brillante que les rayons du soleil ; le ciel entr'ouvert étalait à sa vue étonnée l'éclat majestueux du séjour des élus, et la main paternelle de celui devant qui s'inclinent les esprits célestes lui marquait la place qu'elle occuperait un jour près de son trône.

Un pénible changement s'opérait au réveil lorsque Camille voyait s'évanouir ces consolantes illusions ; alors elle avait recours au souvenir de ce qu'elle venait de voir et d'entendre, et retrouvait de nouvelles forces dans la pensée que ses souffrances auraient un terme, et que la barbarie de son persécuteur ne pourrait rien ôter à la récompense promise à sa résignation.

C'est ainsi que pendant longtemps vécut Camille dans son affreux souterrain. Mais le temps arrivait où le ciel, touché de sa constance, allait cesser de l'éprouver ; une main libératrice devait bientôt ouvrir les portes de sa prison, et rendre pour toujours la malheureuse duchesse à la liberté.

Un jour qu'elle attendait sa nourriture, elle n'entendit aucun bruit au tour où elle allait habituellement la chercher. Ce retard lui donna une pensée d'épouvante; car l'idée la plus horrible est la crainte de mourir de faim. Tout le jour se passa dans une vaine attente ; mais rien ne fut capable de lui inspirer une idée de désespoir. « Mon Dieu! s'écria-t-elle, si ma dernière heure est sonnée, que votre sainte volonté soit faite : je vous offre mon dernier soupir, daignez recevoir mon ame dans votre sein. » Ce Dieu qui ne voulait pas l'abandonner, lui envoya un long et paisible sommeil. Le jour suivant, elle se transporta au tour : hélas! on n'y avait encore rien déposé.

La faim cruelle, ce tyran domestique le plus impérieux de tous, la pressait avec violence ; à peine eut-elle assez de force pour se traîner jusqu'à sa natte de paille, elle s'y coucha et attendit la mort avec une résignation chrétienne. Que se passait-il donc au château pour que le duc, toujours si exact, ne fût pas venu apporter à sa captive sa nourriture habituelle? Lecteur, nous allons vous l'apprendre.

Le duc accablé de ses longs remords et affligé d'une maladie que son docteur avait jugée inguérissable, tenait le lit depuis deux jours et souffrait par le corps et par l'ame les plus affreuses douleurs. Depuis quelques mois le comte de Belmire qu'il avait appelé auprès de lui ne le quittait pas, et l'entourait des soins les plus minutieux, croyant Camille réellement morte et n'ayant jamais l'idée de soupçonner au duc, son oncle, un cœur aussi barbare que celui qu'il avait en effet. Préoccupé de la terrible attente où devait se trouver sa prisonnière, le malade fait signe à Belmire de s'approcher de son lit, et lui apprend qu'il a un secret à lui communiquer. Le comte prête une attentive et le duc s'exprime en ces termes :

« Pour de grands intérêts de famille que je vous expliquerai plus tard, je retiens depuis longtemps une femme captive dans un souterrain dont seul au monde je connais l'entrée. Tous les deux jours elle a régulièrement reçu des aliments que je lui ai fait parvenir dans un tour qui est pratiqué au bas de l'escalier qui conduit à sa prison. Depuis vingt-quatre heures elle doit éprouver une faim violente : tenez, voilà toutes les clés pour parvenir jusqu'à elle ; ce papier vous indiquera les endroits que vous devrez traverser avant d'arriver au rocher au pied duquel se trouve la première ouverture du souterrain. Hâtez-vous, le temps presse; arrivé au bas de l'escalier, vous ferez un léger bruit; si l'on ne répond pas, vous entrerez dans le souterrain. Je vous préviens que cette femme est folle, et que vous ne devez tenir aucun compte de tout ce qu'elle pourra vous dire. Allez, et n'oubliez pas que vous m'avez fait le serment de garder dans votre cœur le secret que je vous confie et qui n'est connu que de vous.

Belmire, né avec une ame noble et sensible, et qui avait lu dans le regard mourant du duc quelque chose de douteux et de cruel, se précipita vers le souterrain, avide de voir cette mystérieuse femme et d'adoucir ses maux autant qu'il lui serait possible. Il ne marche pas, il vole : lever la trappe, ouvrir trois portes, descendre un sombre et raboteux escalier, frapper au tour, et n'entendant rien, ouvrir la dernière porte de la prison ne lui coûta qu'un instant. Il entre. A l'aide de sa lampe, il parcourt cette retraite ténébreuse et arrive à l'endroit où reposait la victime. Elle s'était tristement étendue sur sa paille à moitié brisée, pâle, les lèvres livides et les yeux presque éteints. A la clarté qui frappe sa faible vue, Camille se réveilla comme d'un sommeil léthargique, et ramassant dans son ame un reste d'énergie qui était prêt de s'éteindre : « Monstre, dit-elle, d'une voix basse et entrecoupée, que ne me laissez-vous mourir ? Après tant de cruautés, j'attendais de vous ce bienfait ; je ne l'ai donc pas mérité ? Que venez-vous faire en ce lieu après avoir juré de ne plus revoir l'infortunée Camille ? »

A ce nom, Belmire reste stupéfait ; il croit rêver : tout ce qu'il vient d'entendre lui paraît incroyable. Mais la voix de la captive et ses traits que n'avaient pas altérés entièrement tous les maux qu'elle avait soufferts, ne lui laissent plus de doute. Il dépose sa lampe sur un appui qu'il trouve près de lui, et s'approchant avec respect de celle qu'il regarde comme un ange : « Ouvrez les yeux, noble martyre, et reconnaissez en moi votre libérateur et non votre bourreau. Le ciel m'a conduit vers vous, je l'en remercie. Quoi de plus doux que d'être choisi pour briser les chaînes de l'innocence ? Merci, mon Dieu, d'avoir fait luire un si beau jour aux yeux de Belmire! »

« Belmire, Belmire! qu'entends-je? reprit aussitôt la prisonnière étonnée, appliquant les deux mains sur son front comme une femme qui n'en croit pas sa vue, et qui veut se débarrasser d'un songe pénible qui l'agite.

« Oui, c'est Belmire, interrompit le comte; vous ne vous trompez pas; mais avant de nous expliquer réciproquement une aventure et un rapprochement qui ont tant lieu de nous étonner, réparez vos forces, prenez quelque nourriture: je vous apporte de légers mais de salutaires aliments. »

Camille obéit. Son repas ne fut pas long; car elle éprouvait à chaque instant un étouffement qui oppressait sa poitrine délabrée. De plus elle attendait avec impatience un récit qui sans doute allait lui apprendre bien des choses. Avant de laisser au comte le temps de commencer:

— « Mes parents, ma fille, existent-ils toujours ? répondez-moi, de grâce, et ne m'abusez pas. — Tous existent, Madame, je vous le jure sur l'honneur ; et le duc, accablé d'une maladie mortelle, est dans l'impossibilité, sans un miracle, de vivre plus de deux jours. » Belmire lui raconta ensuite comment et pourquoi il était venu se fixer près de son oncle ; mais voulant profiter des instants qui étaient si précieux, il pressa Camille de le suivre, ajoutant qu'il lui tardait de la rendre à la liberté et à l'amour de ceux qui lui étaient si chers. « Je ne dois pas vous suivre, ô mon cher et noble sauveur ! mille raisons que demain vous comprendrez mieux qu'aujourd'hui me déterminent à attendre l'arrivée de mes parents avant de franchir la porte de ma fatale prison : allez, de grâce, les chercher, ou plutôt écrivez-leur que j'existe, et mon cœur et mes doux pressentiments me répondent de leur prompte arrivée, ainsi que de celle de ma fille. Allez, Monsieur le comte, profitez des instants, et comptez sur ma reconnaissance qui ne s'éteindra qu'avec mon dernier soupir. »

Belmire comprit combien il était urgent de précipiter les choses. Il laissa à Camille une lampe allumée et une lanterne sourde, lui donna toutes les clés du cachot excepté celle qui fermait la porte du rocher, et lui remettant une montre pour compter les heures qui allaient s'écouler jusqu'à son retour, il disparut après avoir en signe de respect embrassé à deux reprises les mains décharnées de la pauvre captive.

Camille restée seule se mit à genoux pour remercier le ciel d'avoir enfin mis un terme à sa captivité. « Soyez béni mille fois, mon Dieu, dit-elle, pour avoir pris en pitié une aussi faible créature que moi ! Que je suis heureuse aujourd'hui de ne pas me reprocher d'avoir douté un moment de votre bonté ! Vous seul m'avez soutenue dans l'adversité ; et c'est vous encore qui venez en ce moment changer mon sort. Faites-moi la grâce de vivre sans cesse et de mourir dans votre saint amour. »

Ensuite elle se leva, et pour respirer un air moins corrompu que celui de sa prison, à l'aide de sa lanterne sourde elle monta un petit escalier noir, et bientôt aperçut la clarté du jour. Que le soleil lui parut beau après en avoir été privée si longtemps ! Que le chant des oiseaux lui sembla mélodieux à entendre ! Une petite branche d'arbre, le bourdonnement d'un insecte, le bruit léger du vent qui venait la rafraîchir, tout lui semblait nouveau ; elle tournait ses regards autour d'elle comme si elle fut arrivée dans un monde nouveau, différent de celui qu'elle avait vu autrefois. Prenant ensuite le portrait qui depuis si longtemps était sur son cœur, elle ne prit pas le temps de l'embrasser, elle y jeta des regards avides, vit enfin des traits dont le souvenir seul lui retraçait l'image dans son obscure prison, et se complut d'avance à retrouver bientôt dans l'original la figure gracieuse que lui offrait la copie.

Liberté, liberté! le plus doux bien de l'homme, il faut t'avoir perdue pour te regretter et pour sentir tous les charmes qui sont attachés à ta jouissance. La puissance, la fortune et tous les agréments qu'elle procure rendent sans doute la vie heureuse, mais l'homme pauvre et libre est mille fois plus fortuné qu'un prisonnier opulent, la liberté lui manque, et tout lui manque avec elle. L'esclavage flétrit tous les plaisirs qu'il pourrait se procurer. On n'a jamais vu un gai sourire à travers des barreaux, et un front tranquille et pur sous les voûtes d'une prison.

Au milieu des douces réflexions qui faisaient battre son cœur, Camille éprouva le besoin de prendre quelque nourriture et rentra dans son souterrain. Ce fut sans frayeur qu'elle vit ces épaisses murailles:

elle alla même jusqu'à en considérer les crevasses et fut étonnée, en en parcourant des yeux l'étendue avec le secours de sa lampe, d'y voir de lourds colliers de fer, des traces de sang et des inscriptions dont le temps et l'humidité n'avaient encore pu effacer les dernières traces. « Mon Dieu! dit-elle, avec un accent généreux et plaintif, je ne suis donc pas la seule qu'on ait fait souffrir dans ce lieu d'horreur! Je croyais qu'avant le duc, personne n'avait été assez cruel pour inventer des supplices aussi grands..... » Elle mangea avec plaisir, puis chanta plusieurs cantiques, tant elle était joyeuse, et en offrit l'hommage à Dieu pour le remercier de sa douce protection. L'idée que Belmire reviendrait bientôt l'empêcha de dormir; à chaque moment sa vue se portait sur la montre qu'on lui avait laissée, et son cœur impatient se plaignait de la lenteur avec laquelle s'écoulaient les heures. Enfin le comte arriva. Camille, en courant au-devant de lui : « Quelle nouvelle m'apportez-vous? dit-elle, avec un accent de crainte et de joie; vous n'avez rien à m'apprendre de fâcheux, et Camille n'est plus prisonnière, n'est-ce pas? »

« Oh! non, vous ne l'êtes plus. J'ai écrit à vos parents, ils seront sans doute ici demain ; vous pourrez les presser sur votre sein ainsi que votre fille chérie. On dirait que le ciel a voulu que le premier jour de votre liberté fût un jour sans nuage ; la crainte dans votre ame ne pourra pas se mêler à la joie, car le duc, le féroce duc est mort. » — Que Dieu lui pardonne ses crimes, interrompit Camille, comme je les lui pardonne. Il a été assez puni sur la terre par ses remords pour ne pas souhaiter qu'il subisse un autre châtiment dans l'autre vie. Mais est-il bien vrai que demain je serai entourée de tous les objets qui me sont chers? Oh! quelle joie sera la nôtre lorsque nous verrons tout ce que nous supposions avoir perdu pour toujours. Arrive donc, moment fortuné ; rends-moi à ce que j'aime plus que mon existence, dussé-je en mourir de plaisir! »

« Ce moment si doux arrivera madame, et croyez que je souffre assez moi-même de tous vos malheurs pour chercher a en tarir au plus vite la source. Oui demain, demain tout ce que vous aimez vous sera rendu, et la douceur et les voluptés du présent vous feront oublier toutes vos peines passées. Allons je vous laisse, vous que je suis heureux de ne plus appeler prisonnière, car il ne tiendrait qu'à vous de jouir dès aujourd'hui d'une entière liberté. Je vous ai préparé un lit moins dur dans ce petit corps du souterrain que voici; puissiez-vous y passer une nuit tranquille, ce sera la dernière. Mon devoir m'appelle aux obsèques du duc. Au revoir donc madame; espoir, et confiance.

Et ils se séparèrent. Camille qui devant le comte n'avait pas eu l'air d'être émue de la mort de son époux, éprouva une émotion toute contraire à celle qu'on devait attendre d'une femme qui comme elle avait tant de raisons pour le haïr et désirer son trépas. Elle eut la générosité de le plaindre et sut trouver dans ses yeux presqu'éteints une larme pour le pleurer. Elle passa la nuit entière à prier pour lui, n'imputant ses cruautés qu'à l'excès de sa jalousie.

O religion! que tu élèves l'ame et que tu nous inspires de nobles sentiments. Cœurs inflexibles dans votre haine et dont rien ne saurait émousser le ressentiment, vous qui jamais n'avez su pardonner même une faible injure, venez un instant contempler Camille dans sa prison et vous apprendrez peut-être à devenir généreux envers vos ennemis. Touchant au terme de sa captivité, elle éloigne de son esprit une idée qui doit lui paraître si riante, et uniquement occupée de son bourreau elle passa la nuit entière à prier pour celui qui, s'il revenait à la vie, inventerait pour elle de nouvelles tortures.

Cependant les heures s'écoulaient et les ombres s'échappant lentement permettaient à l'œil d'entrevoir les rougeâtres lueurs de l'aurore. Le soleil perça enfin de ses rayons la voûte des cieux et vint rendre tout son éclat à la terre. Camille voyant que l'heure de sa délivrance approchait voulut visiter une dernière fois dans toute son étendue le souterrain qu'elle allait quitter pour toujours. Adieu, dit-elle, sombres et terribles murailles; adieu, vous ne m'entendrez plus gémir. Je reviens à la vie, à l'espérance; mais je n'oublierai jamais votre lugubre aspect, et si contre mon attente le ciel, pour m'éprouver de nouveau, me réserve encore quelques malheurs, je saurai les supporter avec courage, car une ame est bien forte lorsqu'elle a pu braver si longtemps l'horreur que vous inspirez.

Comme elle achevait de parler un bruit assez fort se fit entendre. Elle prête l'oreille, reconnaît la voix des objets si chers à son cœur et la joie la suffoque. Belmire, accompagné du père et de la mère de Camille, pénètre dans le souterrain où il se passe alors une scène que nous n'essaierons pas de peindre, nous l'affaiblirions. Un long embrassement et un silence bien expressif furent le prélude d'une aussi touchante entrevue, et quand le premier effort de cette grande émotion fut passé, tout ce qu'on eût attendu c'était de la part des uns ce mot : Camille, notre pauvre Camille ! et de la part de la prisonnière ceux-ci : Mon père! ma mère ! ! ! Sans retard on se hâta de franchir l'escalier qui conduisait au rocher; la trappe s'ouvrit et la victime fut enfin rendue à la liberté. Nous pourrions sans doute faire bien des réflexions sur l'émotion qu'éprouva Camille en foulant l'herbe fleurie, soutenue par les bras caressants des auteurs de ses jours : Il y aurait là sans doute de quoi tracer un tableau dont tous les détails attendriraient le lecteur et feraient peut-être couler ses larmes; mais les bornes étroites que nous nous sommes prescrites dans cet ouvrage nous empêchent d'aller plus loin, et d'ailleurs tout ce que nous ne pouvons pas tracer se devine. Le père, la mère, la fille, tous étaient ivres de joie et de bonheur. C'était là le plus beau jour de leur vie ; c'était la plus voluptueuse de toutes les jouissances.

Avant de fatiguer Camille en lui demandant le récit déplorable, mais curieux, de ses aventures, on ne négligea rien pour réparer sa santé chancelante et pour faire revivre en elle des forces que tant de privations avaient épuisées. Il ne fallut pas beaucoup de temps pour que sa figure abattue reprît sa première fraîcheur. Quand on a la paix et la tranquillité du cœur, le reste arrive facilement. Lorsque sa fille, qu'on avait jugé convenable de ne point faire entrer dans le souterrain, de peur que sa jeune imagination ne fût par trop frappée d'un si terrible lieu, lorsque sa fille, disons-nous, se trouva près de sa mère, celle-ci la pressa tendrement sur son cœur. « Enfant chérie que le ciel m'a rendue, dit-elle, tu ne me quitteras plus, n'est-ce pas? car si je te perdais une seconde fois, j'en mourrais de douleur. Que tu m'as fait souffrir! mais que d'un autre coté je suis heureuse, puisque je croyais ne plus te revoir. Oh! ne comprime pas le plaisir que tu dois éprouver; je suis ta mère, ne crains donc pas de me presser dans tes jeunes bras, et de me rendre toutes les caresses que je te donne. » Alors cette femme, pouvant à peine supporter tout son bonheur, embrassait le visage de son enfant, les tresses de ses cheveux, ses mains, et folle d'amour ne pouvait pas se passer un instant de cet objet chéri.

Camille n'oublia pas tous les devoirs qu'elle avait à remplir ; quand sa tendresse fut satisfaite, elle écouta la voix de la reconnaissance, et avec une noble effusion de sensibilité, remercia le comte de Belmire de son généreux dévoûment. Celui-ci, d'un air confus et timide, s'exprima en ces termes : « Tout ce que vous avez dit devant moi, madame, depuis que vous êtes rendue à la liberté et à toutes vos affections, m'a fait assez comprendre que je suis la première cause de vos infortunes. Pardonnez-moi, je vous prie, des torts involontaires, et soyez persuadée que mes sentiments étaient purs et honnêtes, et que dans mon amour pour vous je n'envisageais que votre bonheur et le mien. Pauvre femme ! avoir tant souffert et si longtemps pour avoir inspiré un amour dont vous étiez si digne ! avoir enduré tant de tortures pour avoir peut-être partagé des sentiments qui n'ont pu jamais vous faire rougir ! Que je vous plains, et combien je m'accuse, malgré mon innocence ! Mais, vous le dirai-je? l'émotion que j'ai éprouvée au récit de vos malheurs a été moins forte que celle que j'ai ressentie en voyant la noble résistance avec laquelle vous avez toujours caché mon nom. O femme céleste ! le ciel n'est pas trop brillant pour récompenser vos vertus.

Si je connaissais quelque chose qui fût digne de tout ce que vous avez fait pour moi, je le déposerais à vos pieds, mais rien ne peut payer de si grands et si généreux services ; l'hommage d'une vie entière serait insuffisant.

Oserai-je, madame, vous dire en tremblant que mon cœur n'est pas changé, que je suis libre ou plutôt que je suis toujours votre heureux esclave...? Oserai-je.. »

« N'allez pas plus loin, monsieur, je vous ai compris. Cessez un langage qui loin de me blesser me flatte en me rappelant des souvenirs qui toujours me seront chers, mais que je ne dois pas entendre, moi dont le cœur n'est plus fait pour l'amour. Ce pauvre cœur a été tordu, brisé sous les souffrances, et il est rempli de trop amers souvenirs pour qu'il puisse s'ouvrir aux sentiments joyeux et délirants qui naissent d'une flamme partagée. Vous le dirai-je, à mon tour? j'ai juré, dans mon horrible prison, que si jamais je devenais libre, je consacrerais toute ma vie à remercier Dieu et à n'aimer que mes parents et ma fille. D'ailleurs que feriez-vous d'une femme qui toujours aurait le deuil dans l'ame, et qui ne pourrait boire qu'avec dégoût et mélancolie dans la coupe de l'hymen? Mais à défaut d'un amour qui ne serait qu'une feinte, recevez l'hommage sincère et éternel de ma gratitude et de l'amitié que j'aurai toujours pour vous. »

Comme le duc, presque abattu par cet acte de franchise paraissait ému jusqu'aux larmes : monsieur, reprit Camille, relevez votre cœur. Il est encore un moyen de nous entendre. Lorsque vous me fîtes le premier aveu de votre amour, j'avais quinze ans; ma fille a le même âge. Si vous trouvez qu'elle puisse me remplacer dans votre ame, je vous donne sa main; je crois ne pas pouvoir vous donner une preuve plus éclatante de l'estime que j'ai pour vous. Si vous comprenez l'amour d'une mère, et d'une mère qui surtout a tant souffert, vous n'exigerez plus rien de moi, car je ne pourrai jamais faire pour vous un plus grand sacrifice.

Alors Camille pleura, et des larmes abondantes coulèrent des yeux de tous ceux qui l'écoutaient. Belmire accepta avec joie et reconnaissance la main de celle dont les traits lui rappelaient si bien ceux qu'il avait tant chéris. Le père et la mère de Camille donnèrent un consentement libre à cette union, et quelques jours après on célébra la cérémonie du mariage. Ils vécurent tous en famille et jurèrent de ne plus se quitter. Camille coula les jours les plus heureux, car rien ne manquait à sa félicité, et semblable au matelot qui, à l'abri dans le port aime à faire le récit d'un naufrage qu'il a essuyé, elle se plaisait de temps en temps à raconter ses malheurs et les souffrances qu'elle avait endurées dans le souterrain.

O vous qu'accable l'adversité, ne laissez pas s'abattre votre ame. Captifs dans le plus ténébreux séjour, levez toujours les yeux vers le ciel, et implorez sa bonté qui jamais n'abandonne ceux qui espèrent en lui. Si, en butte à mille traits, vous sentez tout votre courage s'éteindre, rappelez-vous l'histoire de Camille; elle vous apprendra à souffrir et à ne jamais fermer votre oreille à la voix de la douce espérance.

FIN.

Paris. — Imprimerie de Cosson, rue du Four-St G., 43.

On trouve chez le même Libraire.

AMOURS (LES) DE ZÉLIE DANS LE DÉSERT, ou Histoire de deux amants naufragés. 1 vol. . . . » 40

CATÉCHISME (LE) DES AMANTS, ou l'Art de faire l'amour, donnant la manière d'approcher un jeune demoiselle, de se faire aimer et de causer familièrement et honnêtement avec elle; ses reponses, etc. 1 vol. . » 40

CATÉCHISME (NOUVEAU) POISSARD, ou la Trompette du carnaval, Rencontres poissardes, Pipes cassées, etc., etc. 1 vol. . . . . » 40

CATÉCHISME (LE) DES FARCEURS, contenant un choix de bonnes plaisanteries pour être dites et répétees en société, etc. 1 vol. . . . . » 40

CHANSONNIER (LE) DE LA GUINGUETTE, ou les Délices des buveurs, Recueil de chansons anciennes et nouvelles les plus agréables à chanter en société. 1 vol. . . . . » 40

CHANSONNIER (NOUVEAU) pour noces et baptêmes. 1 vol. » 40

CHATEAU (LE) DE LA FORÊT NOIRE, de sa prise de possession par les brigands, etc. 1 vol. . . . . » 40

ESTELLE ET NÉMORIN, par Florian. 1 vol. . . . » 40

FABLES DE FLORIAN. 1 vol. . . . . » 40

FARCEUR (LE) DU JOUR ET DE LA NUIT, intrigues, ruses galantes. 1 vol. . . . . » 40

GUIRLANDE (LA) DE FLEURS, ou Recueil complet, contenant lettres, bouquets, compliments (en vers et en prose), pour le jour de l'an et les fetes anniversaires de toute l'année, etc. 1 vol. . . . . » 40

GUILLAUME TELL, ou la Suisse libre et le Tyran puni, par Florian. 1 vol. . . . . » 40

Impr. de Pommeret et Moreau, quai des Augustins, 17.

www.ingramcontent.com/pod-product-compliance
Ingram Content Group UK Ltd.
Pitfield, Milton Keynes, MK11 3LW, UK
UKHW020923180726
13838UKWH00002B/716